DIARY EDITION

말하고 싶은 비밀

다이어리 에디션

OUR SECRET DIARY EDITION

PERSONAL DATA

이름

주소

전화번호

이메일

SNS

1 2 3 4 5 6 7 8 9 10 11 12	SUN	MON	TUE
○ ○ ○			
○ ○ ○			
○ ○ ○			
○ ○ ○			
○ ○ ○			
○ ○ ○			

WED	THU	FRI	SAT

1 2 3 4 5 6 7 8 9 10 11 12	SUN	MON	TUE
○ ○ ○			
○ ○ ○			
○ ○ ○			
○ ○ ○			
○ ○ ○			
○ ○ ○			

WED	THU	FRI	SAT

1 2 3 4 5 6 7 8 9 10 11 12	SUN	MON	TUE
○ ○ ○			
○ ○ ○			
○ ○ ○			
○ ○ ○			
○ ○ ○			
○ ○ ○			

WED	THU	FRI	SAT

1 2 3 4 5 6 7 8 9 10 11 12	SUN	MON	TUE
○ ○ ○			
○ ○ ○			
○ ○ ○			
○ ○ ○			
○ ○ ○			
○ ○ ○			

WED	THU	FRI	SAT

1 2 3 4 5 6 7 8 9 10 11 12	SUN	MON	TUE
○ ○ ○			
○ ○ ○			
○ ○ ○			
○ ○ ○			
○ ○ ○			
○ ○ ○			

WED	THU	FRI	SAT

1 2 3 4 5 6 7 8 9 10 11 12	SUN	MON	TUE
○ ○ ○			
○ ○ ○			
○ ○ ○			
○ ○ ○			
○ ○ ○			
○ ○ ○			

WED	THU	FRI	SAT

1 2 3 4 5 6 7 8 9 10 11 12	SUN	MON	TUE
○ ○ ○			
○ ○ ○			
○ ○ ○			
○ ○ ○			
○ ○ ○			
○ ○ ○			

WED	THU	FRI	SAT

1 2 3 4 5 6 7 8 9 10 11 12	SUN	MON	TUE
○ ○ ○			
○ ○ ○			
○ ○ ○			
○ ○ ○			
○ ○ ○			
○ ○ ○			

WED	THU	FRI	SAT

1 2 3 4 5 6 7 8 9 10 11 12	SUN	MON	TUE
○ ○ ○			
○ ○ ○			
○ ○ ○			
○ ○ ○			
○ ○ ○			
○ ○ ○			

WED	THU	FRI	SAT

1 2 3 4 5 6 7 8 9 10 11 12	SUN	MON	TUE
○ ○ ○			
○ ○ ○			
○ ○ ○			
○ ○ ○			
○ ○ ○			
○ ○ ○			

WED	THU	FRI	SAT

1 2 3 4 5 6 7 8 9 10 11 12	SUN	MON	TUE
○ ○ ○			
○ ○ ○			
○ ○ ○			
○ ○ ○			
○ ○ ○			
○ ○ ○			

WED	THU	FRI	SAT

1 2 3 4 5 6 7 8 9 10 11 12	SUN	MON	TUE
○ ○ ○			
○ ○ ○			
○ ○ ○			
○ ○ ○			
○ ○ ○			
○ ○ ○			

WED	THU	FRI	SAT

1 2 3 4 5 6 7 8 9 10 11 12	SUN	MON	TUE
○ ○ ○			
○ ○ ○			
○ ○ ○			
○ ○ ○			
○ ○ ○			
○ ○ ○			

WED	THU	FRI	SAT

1 2 3 4 5 6 7 8 9 10 11 12	SUN	MON	TUE
	○	○	○
	○	○	○
	○	○	○
	○	○	○
	○	○	○
	○	○	○
	○	○	○
	○	○	○
	○	○	○
	○	○	○
	○	○	○
	○	○	○

WED	THU	FRI	SAT

1 2 3 4 5 6 7 8 9 10 11 12	SUN	MON	TUE
	○	○	○
	○	○	○
	○	○	○
	○	○	○
	○	○	○
	○	○	○
	○	○	○
	○	○	○
	○	○	○
	○	○	○
	○	○	○
	○	○	○

WED	THU	FRI	SAT

1 2 3 4 5 6

7 8 9 10 11 12

	SUN	MON	TUE
	○	○	○
	○	○	○
	○	○	○
	○	○	○
	○	○	○
	○	○	○
	○	○	○
	○	○	○
	○	○	○
	○	○	○
	○	○	○
	○	○	○

WED	THU	FRI	SAT

1 2 3 4 5 6 7 8 9 10 11 12	SUN	MON	TUE
	○	○	○
	○	○	○
	○	○	○
	○	○	○
	○	○	○
	○	○	○
	○	○	○
	○	○	○
	○	○	○
	○	○	○
	○	○	○
	○	○	○

WED	THU	FRI	SAT

1 2 3 4 5 6 7 8 9 10 11 12	SUN	MON	TUE
	○	○	○
	○	○	○
	○	○	○
	○	○	○
	○	○	○
	○	○	○
	○	○	○
	○	○	○
	○	○	○
	○	○	○
	○	○	○
	○	○	○

WED	THU	FRI	SAT

1 2 3 4 5 6
7 8 9 10 11 12

	SUN	MON	TUE

WED	THU	FRI	SAT
○	○	○	○
○	○	○	○
○	○	○	○
○	○	○	○
○	○	○	○
○	○	○	○
○	○	○	○
○	○	○	○
○	○	○	○
○	○	○	○
○	○	○	○
○	○	○	○

1 2 3 4 5 6 7 8 9 10 11 12	SUN	MON	TUE
	○	○	○
	○	○	○
	○	○	○
	○	○	○
	○	○	○
	○	○	○
	○	○	○
	○	○	○
	○	○	○
	○	○	○
	○	○	○
	○	○	○

WED	THU	FRI	SAT

1 2 3 4 5 6 7 8 9 10 11 12	SUN	MON	TUE
	○	○	○
	○	○	○
	○	○	○
	○	○	○
	○	○	○
	○	○	○
	○	○	○
	○	○	○
	○	○	○
	○	○	○
	○	○	○
	○	○	○

WED	THU	FRI	SAT

1 2 3 4 5 6

7 8 9 10 11 12

	SUN	MON	TUE
	○	○	○
	○	○	○
	○	○	○
	○	○	○
	○	○	○
	○	○	○
	○	○	○
	○	○	○
	○	○	○
	○	○	○
	○	○	○
	○	○	○

WED	THU	FRI	SAT
○	○	○	○
○	○	○	○
○	○	○	○
○	○	○	○
○	○	○	○
○	○	○	○
○	○	○	○
○	○	○	○
○	○	○	○
○	○	○	○
○	○	○	○
○	○	○	○

1 2 3 4 5 6
7 8 9 10 11 12

	SUN	MON	TUE
	○	○	○
	○	○	○
	○	○	○
	○	○	○
	○	○	○
	○	○	○
	○	○	○
	○	○	○
	○	○	○
	○	○	○
	○	○	○
	○	○	○

WED	THU	FRI	SAT

1 2 3 4 5 6
7 8 9 10 11 12

	SUN	MON	TUE
	○	○	○
	○	○	○
	○	○	○
	○	○	○
	○	○	○
	○	○	○
	○	○	○
	○	○	○
	○	○	○
	○	○	○
	○	○	○
	○	○	○

WED	THU	FRI	SAT
○	○	○	○
○	○	○	○
○	○	○	○
○	○	○	○
○	○	○	○
○	○	○	○
○	○	○	○
○	○	○	○
○	○	○	○
○	○	○	○
○	○	○	○
○	○	○	○

1 2 3 4 5 6 7 8 9 10 11 12	SUN	MON	TUE
	○	○	○
	○	○	○
	○	○	○
	○	○	○
	○	○	○
	○	○	○
	○	○	○
	○	○	○
	○	○	○
	○	○	○
	○	○	○
	○	○	○

WED	THU	FRI	SAT

1 2 3 4 5 6
7 8 9 10 11 12

	SUN	MON	TUE
	○	○	○
	○	○	○
	○	○	○
	○	○	○
	○	○	○
	○	○	○
	○	○	○
	○	○	○
	○	○	○
	○	○	○
	○	○	○
	○	○	○

WED	THU	FRI	SAT
○	○	○	○
○	○	○	○
○	○	○	○
○	○	○	○
○	○	○	○
○	○	○	○
○	○	○	○
○	○	○	○
○	○	○	○
○	○	○	○
○	○	○	○
○	○	○	○

1 2 3 4 5 6
7 8 9 10 11 12

	SUN	MON	TUE
	○	○	○
	○	○	○
	○	○	○
	○	○	○
	○	○	○
	○	○	○
	○	○	○
	○	○	○
	○	○	○
	○	○	○
	○	○	○
	○	○	○

WED	THU	FRI	SAT
○	○	○	○
○	○	○	○
○	○	○	○
○	○	○	○
○	○	○	○
○	○	○	○
○	○	○	○
○	○	○	○
○	○	○	○
○	○	○	○
○	○	○	○
○	○	○	○

1 2 3 4 5 6 7 8 9 10 11 12	SUN	MON	TUE
	○	○	○
	○	○	○
	○	○	○
	○	○	○
	○	○	○
	○	○	○
	○	○	○
	○	○	○
	○	○	○
	○	○	○
	○	○	○
	○	○	○

WED	THU	FRI	SAT

1 2 3 4 5 6 7 8 9 10 11 12	SUN	MON	TUE
	○	○	○
	○	○	○
	○	○	○
	○	○	○
	○	○	○
	○	○	○
	○	○	○
	○	○	○
	○	○	○
	○	○	○
	○	○	○
	○	○	○

WED	THU	FRI	SAT

1 2 3 4 5 6 7 8 9 10 11 12	SUN	MON	TUE
	○	○	○
	○	○	○
	○	○	○
	○	○	○
	○	○	○
	○	○	○
	○	○	○
	○	○	○
	○	○	○
	○	○	○
	○	○	○
	○	○	○

WED	THU	FRI	SAT

1 2 3 4 5 6
7 8 9 10 11 12

	SUN	MON	TUE
	○	○	○
	○	○	○
	○	○	○
	○	○	○
	○	○	○
	○	○	○
	○	○	○
	○	○	○
	○	○	○
	○	○	○
	○	○	○
	○	○	○

WED	THU	FRI	SAT

다이어리 에디션
특별 부록

목차

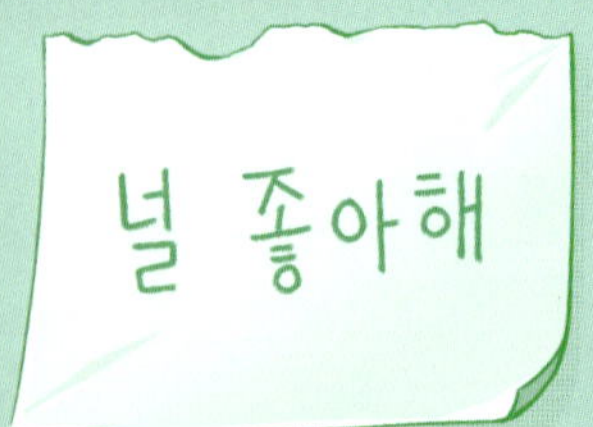
널 좋아해

SECRET DIARY No.1
원작자 인터뷰
로맨스의 여왕에게 직접 듣는
집필 비하인드 스토리
사쿠라 이이요

Q & A 01

《말하고 싶은 비밀》 시리즈를 기획하게 된 특별한 계기가 있으셨나요? 특히 이 시리즈에서 빼놓을 수 없는 '교환 일기'라는 소재는 작가님의 경험에서 비롯된 것인지 궁금합니다!

남녀가 편지를 주고받는 이야기를 쓰고 싶었어요. 그러면서 서로가 아는 사이인지 모르는 사이인지, 남녀 주인공이 계속 교류하려면 어떤 관계로 설정해야 재미있어질지 고민했죠. 그 고민의 답이 어느새 교환 일기가 되었고, 《말하고 싶은 비밀》이라는 시리즈물 이야기로 완성되었습니다.

교환 일기를 써본 경험이 있느냐는 질문에 답을 드리자면, 저는 여자 친구와 초등학교 때 몇 번 교환 일기를 써본 적이 있습니다. 처음 몇 페이지는 의욕이 넘쳐 화려하게 꾸미기도 하고, 글자나 그림도 많았어요. 그런데 중간쯤 썼을 때는 점점 서로 대충 쓰기 시작하더니 결국 일기장이 행방불명되었습니다. 한 권을 끝까지 완성한 적은 없었던 것 같아요.

Q & A 02

스토리나 캐릭터를 만들 때 가장 중요하게 생각하는 점은 무엇인가요?

의식하는 건 아니지만, 악당을 만들지 않으려고 해요. 누군가를 악한 사람으로 만드는 것보다 각자의 생각이나 약점 때문에 생기는 오해나 사건을 더 좋아하기 때문일지도 모르겠네요. 그래서인지 주인공들도 실수하거나 결점이 있는 사람들인 경우가 많아요(어쩌면 제가 각 캐릭터에게 호감을 느끼지 못하면 쓸 수 없는 걸지도… 질문에 답을 하다 보니 깨달았어요).

Q & A 03

《말하고 싶은 비밀》 시리즈에서 가장 애착 가는 캐릭터와 그 이유를 알려주세요.

1권에 등장하는 여주인공의 친구인 유코와 에리노를 좋아합니다.
자신이 좋아하는 남자애와 친하게 지내는 친구에게 질투해서 화를 내는 유코는 그저 사랑에 빠졌을 뿐인데, 스스로 그런 질투하는 감정에 괴로워합니다. 에리노는 유코에게 옳은 말을 하지만, 표현이 거칠어서 상처를 주고요. 둘 다 틀렸지만, 사실 틀린 게 아닙니다. 그리고 그 상황을 논리적으로 바로잡기보다는 다른 행동을 통해 두 사람이 화해하도록 썼는데, 제가 썼지만 '정말 사랑스럽다'라고 생각했습니다.

어떤 행동을 했는지는
《말하고 싶은 비밀》 1권 참조!

Q & A 04

이 시리즈를 보면 책마다 제목에 다양한 색을 넣으셨는데,
그 의도는 무엇인가요?

아마도… 흔들리는 사랑의 감정을 어렴풋이 색으로 표현하면 그 장의 이미지가 조금은 더 선명하게 그려지지 않을까, 그 정도의 마음이었던 것 같아요. 하늘색이면 차갑다거나, 노란색이면 새콤하다거나 물론 제가 떠올린 이미지이긴 하지만요. 그렇게 읽는 분들과 어떤 이미지를 공유할 수 있을지도 모른다고 생각했던 것 같아요. 그리고 현실적으로 2권부터는 1권의 포맷과 통일성 있게 가려고 했고요. 색상들을 열심히 찾아보면서, 책의 장마다 이미지에 맞는 색을 골랐어요.

Q & A 05

세 권 중에서 가장 좋아하는 장면이나 대사가 있다면 알려주세요!

번역된 한국어판은 살짝 다를 수도 있지만 3권에 이런 대사를 쓴 적이 있어요. "싫어. 하지만, 좋아하지 않는 건 아니야." 이 대사가 좋았던 건, 싫은 부분이 있어도 (결국 좋아하니까) 그게 싫어지는 이유가 되지 않는다는 건, 모든 걸 좋아하는 것보다 뭔가 더 소중하다는 느낌이 들어서예요. 그런 식으로 사람을 좋아하고 싶다고 생각합니다(그리고 전체적으로 시시한 대화가 많아서, 뭐야 이 대사… 하고 스스로 자주 괴로워해요. 하지만 그런 장면마저도 좋아해요).

Q & A 06

한국에서 작가님을 '로맨스의 여왕'이라고 부르는데요, 그 수식어가 마음에 드시나요? 또한 작가님만의 로맨스 세계관, 다른 로맨스 소설과의 차별점이 있다면, 무엇을 강점이라고 소개하고 싶으신가요?

그런 굉장한 수식어를 붙여주셨단 사실에 놀랐습니다. 한국에는 정말 가슴 설레는 드라마나 만화가 많아서 '제가?' 하고 겸손해집니다(한국 로맨스 드라마는 정말 대단하죠… 설렘을 넘어 가슴이 쿵! 내려앉는 느낌이에요).
다른 책과의 차별점은 잘 모르겠지만, 강점은… '제가 예전부터 온갖 로맨스 만화를 닥치는 대로 읽어왔고, 지금도 많이 본다'는 점일 거예요. 연애 스토리만이 아니라 이야기 자체가 좋아서 다양한 장르를 접하고 있지만, 연애 스토리에서만 얻을 수 있는 특별한 두근거림, 설렘 포인트도 꼼꼼히 모으며 살고 있습니다.

설렘 모먼트 ♥

Q & A 07

만약 이 시리즈의 외전을 만든다면, 어떤 이야기를 쓰고 싶으세요? 다른 엔딩을 상상한다면요?

사실 1권의 외전은 조금씩 쓰고 있어요. 편지를 보내기 전의 세토야마 이야기라거나, 고백 이후 두 사람의 이야기라거나. 또 2권이나 3권에도 외전이 있으면 좋을 것 같다고 생각하지만, 2권의 주인공인 에리노와 세이 선배는 둘 다 침착한 성격이라 잘해 나갈 것 같아요. 3권의 두 주인공인 미쿠와 케이는, 아마 두 번 정도 더 헤어졌다 다시 붙는 이야기를 쓸 수도 있겠죠. 외전이라는 게 어렵네요. 하지만 어쨌든 모든 주인공이 행복하다는 건 틀림없을 것 같아요. 연애 이야기를 다룬 로맨스라면 역시 해피엔딩이 좋죠. 앞으로 3권 이외의 이야기를 쓰게 되더라도, 해피엔딩과 공개 고백만큼은 꼭 지키려고 합니다.

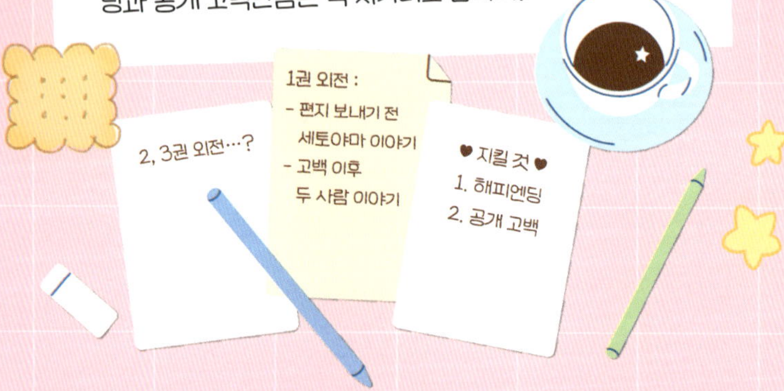

Q & A 08

로맨스 외에 관심 있는 장르나 테마가 있으세요(혹시 다음 작품에서 볼 수 있을지)?

NEXT

밝은 이야기, 무거운 이야기 모두 좋아해서, 다양한 이야기를 쓰고 싶어요. 최근에는 어른들의 사랑이나 우정, 오랫동안 동경해 왔던 판타지도 쓰고 있는데 정말 즐겁습니다. 그 이야기를 누군가가 즐겨준다면, 행복할 거예요.

Q & A 09

시리즈 완결을 맞아, 1~3권 주인공들에게 전하고 싶은 말이 있으신가요?

"앞으로도 여러 가지 일이 닥치겠지만, 너희라면 괜찮을 거야." 그렇게 응원해 주고 싶네요. 주인공들이 이야기 너머, 각자의 해피엔딩에 언젠가는 도달하겠죠? 어쨌든, 공개 고백을 해온 용감한 아이들이니까요.

해피엔딩 도달까지
♥ 100%

Q & A 10

마지막으로 한국 독자들에게 전하고 싶은 말이 있다면요?

《말하고 싶은 비밀》 시리즈를 읽어주셔서 감사합니다. 한국 독자분들에게 교환 일기가 친숙한 소재인지는 모르겠지만, 손 글씨로 주고받는 즐거움은 어느 나라든 똑같지 않을까요. 또 그 안에서 세 커플의, 꼬이거나 고민하거나 엇갈리는 사랑의 교류를 즐겁게 지켜봐 주신다면 기쁠 것 같습니다.

드라마나 영화, 만화로 한국의 멋진 문화와 이야기를 접해왔는데, 제가 쓴 이야기로 한국과 인연을 맺게 될 줄은 꿈에도 몰랐습니다. 마치 기적 같아요. 또 언젠가, 다른 이야기로 만나 뵐 수 있도록 앞으로도 열심히 하겠습니다.

이 글을 읽고 계실 모든 분이, 평온하고 미소 지으며 지내시기를 바랍니다. 정말 감사드립니다.

with love

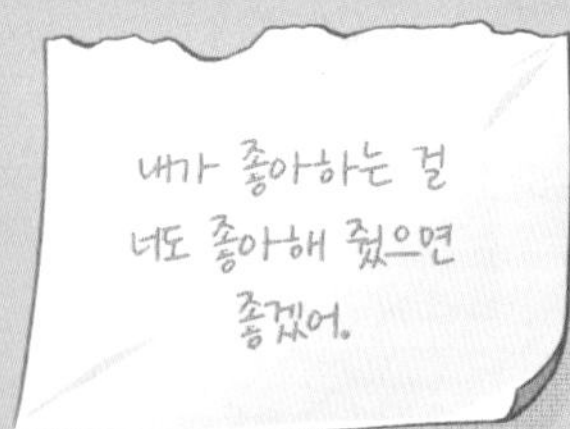
내가 좋아하는 걸
너도 좋아해 줬으면
좋겠어.

SECRET DIARY No.2
한국어판 시리즈 일러스트레이터 인터뷰
최고의 로맨스 소설 시리즈
《말하고 싶은 비밀》의 이미지를 구현하기까지
* 토티 작가님 *

Q & A 01

《말하고 싶은 비밀》 시리즈 세 권의 표지 작업을 해주신 토티 작가님, 이 책의 메인 테마이기도 한 교환 일기를 생각하면 떠오르는 이미지가 있으세요?

초등학생 때 친구들과 교환 그림일기를 써본 적이 있어요. 줄이 있던 앞쪽 페이지에는 각자 비밀 일기를 썼고, 모눈종이가 있던 뒤편에는 자유롭게 일기와 관련된 그림이나 그리고 싶은 그림을 그리는 비밀 일기였어요. 대학생 때쯤 다시 발견했을 때 소스라치게 오글거렸던 기억이 있는데 다시 생각해 보면 너무 귀여운 추억인 것 같아요. 교환 일기는 서로의 이야기를 나누고 이어가면서 하나의 추억을 만들어 가는 과정이라 그런지, 반짝이는 것들이 이어져 완성된 팔찌나 장신구 같은 이미지가 떠오르네요.

Q & A 02

그래서 세 권의 표지가 이렇게 반짝반짝 예쁘게 탄생한 것 같아요. 1권부터 3권에 이르기까지 제일 중요하게 생각하신 게 있다면요?

세 권의 책을 나란히 놓았을 때 같은 시리즈의 예쁜 작품처럼 보였으면 좋겠다는 바람이 있었어요. 1권의 구도가 시리즈 작업에 적합한 구도로 자리 잡은 터라 정말 다행이라고 생각했습니다. 세 권의 모든 창문틀을 비슷하게 통일하되 색상이나 오브젝트 요소들, 인물의 포즈에 차이를 주어서 하나의 세트처럼 느껴지지만 각 표지의 매력이 느껴질 수 있도록 신경 썼어요.

세 권 공통으로 중요하게 생각했던 점은 전체적으로 맑고 청량한 느낌을 주고 싶어서 색감이 탁해지지 않도록 조심했어요. 그리고 각 책 속 주인공들의 성향과 상황을 표지에 간접적으로 보여주고자 했습니다.

1권은 시리즈의 첫 책이라서 최대한 고등학생의 청량함과 풋풋함이 느껴지도록 작업하고 싶었어요. 다이어리를 교환하게 되면서 생기는 미숙한 고민을 통통 튀면서 설렘이 느껴지는 감성적인 분위기로 포장해 연출하고자 했습니다.

2권은 남주인공 니노야마 세이의 공간 속에 에리노가 들어와 있다는 느낌을 주고 싶었어요. 미술을 하는 세이와 어울리는 화실 배경에 누구나 좋아하고 따뜻한 세이의 성격처럼 포근한 분위기의 핑크빛 색상을 사용했습니다.

3권에서는 전체적으로 차가운 색인 하늘색에 따뜻한 노란 불빛들을 넣어 이미 헤어진 사이인 미쿠와 케이의 사이에서 다시 피어나는 감정을 보여주고 싶었습니다. 차가운 색상이지만 따뜻함이 느껴지는 분위기를 만들려고 노력했어요.

세 권 모두 현실적인 배경이지만 너무 정적인 분위기가 나지 않도록 밝고 활기찬 요소들을 넣으려고 했습니다. 목차를 보면 책마다 장 제목이 색과 관련이 있는데, 각 권 목차에 있는 색상들을 최대한 활용하려고 했던 것 같아요. 혼자만 아는 의미였는데 이렇게 말할 기회가 생겨서 좋네요.

Q & A 03

1~3권 중 가장 이입되거나 애정이 가는 캐릭터가 있으신지요?

2권의 남주인공 니노미야 세이 캐릭터가 가장 애정이 갔던 것 같아요. 묘사된 외형이 마음에 들기도 했지만, 어린 시절부터 집에서 혼자 있는 것이 익숙하다는 점, 자신이 하고 싶은 것을 해도 부모님이 충분한 지원을 해주시지만 너무 개인주의적인 가족 관계로 인해 외로움을 느끼는 세이가 한편으로 공감이 가는 부분이 있어서 그랬던 것 같아요. 저도 부모님이 맞벌이하시면서 집에 혼자 있는 시간이 길었고 그림을 그리는 시간을 즐거워했던 기억이 있어 세이가 그림 그리는 것을 좋아한다는 점도 괜히 마음이 가더라고요. 머리를 말리지 않고 침대에 누웠을 때 자신에게 잔소리하며 잔뜩 참견할 에리노를 상상하는 장면은 세이가 애써 외면하던 외로움을 에리노로 인해 채우는 듯해서 개인적으로 좋아하는 장면이에요.

최애

2권의 남주인공인 '니노미야 세이'
스케치 버전(☝)과 채색 버전(☟)

Q & A 04

1~3권의 표지 그림 중 가장 좋아하는 표지가 있다면요?

아무래도 첫 작업이기도 하고, 1권 표지가 가장 애정이 가요. 다양한 스케치를 거쳐 완성한 구도이기도 하고 시리즈의 첫 주축이 되어준 작업이라서요.

1권의 1차 스케치 시안 (1)

1권의 1차 스케치 시안 (2)

이 스케치들은 1권의 초반 시안 작업이에요. 해보고 싶었던 작업이 들어와서 그랬는지 의욕에 넘쳐서 그리고 싶었던 구도를 마음껏 그려보았던 시안들이에요. 사실 저 당시만 해도 이 작품이 시리즈라는 걸 모르고 있었기 때문에, 지금 보면 배경 요소가 너무 자잘해서 이 시안들이 채택되었다면 작업이 꽤 고되었을 것 같다는 생각이 들어요.

1차 시안을 보고 출판사에서 좀 더 통통 튀는 청춘물 같은 분위기를 원하셔서 힘을 빼고 빠르게 수정했던 세 번째 시안이 시리즈의 메인 구도가 되었어요. 이전 시안들도 개인적으로는 마음에 들었지만, 지금의 표지가 너무 현실적이지도 않으면서 시리즈 구도를 작업하기에도 수월했던 것 같아요.

1권의 2차 스케치 시안

피드백이 반영된 1권의 최종 시안

Q & A 05

스케치 작업하실 때 아이디어를 어떤 식으로 구현하시나요?

일단 원고를 읽고 책 내용과 등장인물들의 성격, 상황, 사용하기 좋을 만한 오브젝트 등을 파악하고 읽는 중간중간 간단하게 메모해요. 이 시리즈물 같은 경우에는 목차별로 색상 이름이 들어가서 최대한 목차에 나온 색들을 활용하기 위해 함께 적어뒀습니다.

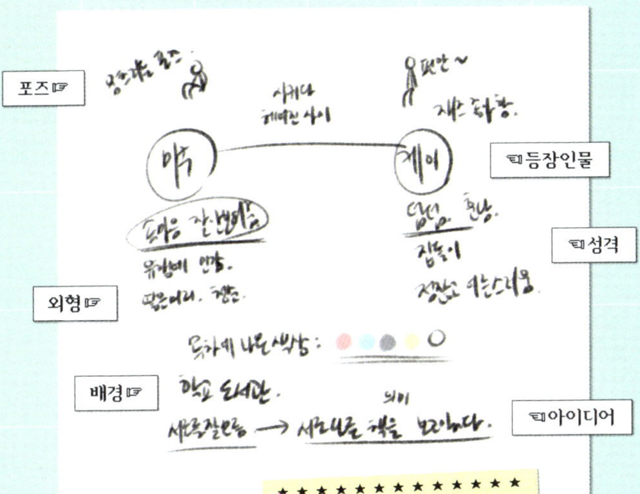

★★★★★★★★★★★★★

3권 작업할 때 원고 내용 메모

★★★★★★★★★★★★★

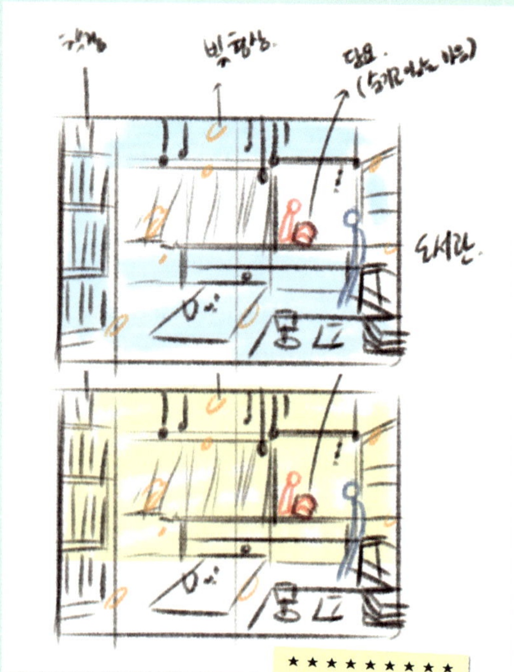

★★★★★★★★★
3권의 썸네일 스케치
★★★★★★★★★

그러고 나면 목차에서 보았던 색들을 활용해서 전체적인 색감을 정하고 러프하게 스케치 시안을 그립니다. 이 과정에서 괜히 욕심을 부리고 자세하게 스케치하면 쓸데없는 시간이 소요된다고 생각해서 졸라맨 정도로 간단하게 구도만 잡아요.

어느 정도 구도가 정해지면 출판사에서 공유해 준 기획 내용과 요청 사항을 토대로 본격적인 스케치 작업을 진행하는데요. 이 시리즈의 2, 3권 같은 경우에는 이전 작업인 1, 2권을 옆에 둔 채 비교 배치하고 시리즈물처럼 보이되 너무 비슷해 보이지 않도록 유의하면서 작업했습니다.
캐릭터 외형과 성격 등을 고려하여 캐릭터 디자인, 인물의 포즈, 들고 있는 요소 등 메모해 두었던 부분들을 참고하여 스케치를 작업합니다.

★★★★★★★★★★★
3권의 스케치 시안 2가지
★★★★★★★★★★★

확정된 3권의 스케치 시안(☝)과
디테일한 요소가 추가된 시안(👇)

첫 시안을 출판사에 공유한 후 피드백이 오면 채택된 시안으로 디테일 스케치를 진행합니다. 공유받은 레퍼런스와 기획안, 스타일을 맞추기 위한 이전 작업물들을 먼저 배치하고 상상으로 오브젝트들을 작업하기에는 한계가 있기에 소설 속 공간의 분위기를 상상하면서 공간 구조 / 색감 / 인테리어 오브젝트 / 사람 포즈 / 코디별로 마음에 드는 요소들의 사진 레퍼런스를 잔뜩 모아요.

오브젝트의 경우 이런 식으로 피드백을 참고하여 구상하기도 하고요.

책 표지 스케치를 작업할 때는 항상 의뢰한 담당자님들이 저보다 스토리를 더 상세하게 파악하고 있다고 생각하기 때문에 제 스타일대로 표현하되, 최대한 담당자님들의 아이디어도 함께 반영하려고 노력하는 편입니다.

Q & A 06

각 권의 구도를 보면 처음에는 마주 보고, 2권은 남주인공이 내려다보고, 3권은 여주인공의 시선이 살짝 위에 있는데, 이렇게 변주하신 이유가 있으신가요!

등장인물들의 다양한 성격과 상황에 따라 어울리는 구도를 그리려고 해 보았어요.

1권은 구도보다는 인물들의 포즈에 더 중점을 두었어요. 마주 보지만 서로 비밀을 가지고 있기에 살짝 거리가 있으면 했고요. 자신이 에리노인 척 대화를 나누는 것에 죄책감을 느끼는 여주인공 노조미를 표현하고자 약간 경직되고 다이어리를 보여주지 않으려는 듯 손에 꼬옥 쥐고 있는 포즈로 그렸어요. 그에 비해 노조미에게 조심스럽게 다가가는 세토야마의 모습은 살짝 편안한 포즈로 앉아 있도록 그렸습니다.

2권에서는 활발하고 좀 더 적극적인 세이의 성격을 보여주고 싶어 에리노를 위에서 내려다보는 구도로 잡았고, 서로 바라만 보는 다른 책의 등장인물들과는 다르게 에리

노한테 다가가는 포즈로 그려보았습니다. 감정 표현을 어색해하는 에리노가 감정 표현이 자유로운 세이로 인해 자신도 모르게 변화하고 마음이 끌리게 되는 모습을 그리고 싶었는데, 세이의 공간에서 창문으로 자유롭게 드나드는 세이를 올려다보는 에리노로 그 모습을 표현했어요.

3권은 헤어진 연인인 미쿠와 케이가 상대방을 오해하고 있다는 설정인데, 이걸 서로 다른 책을 들고 있는 모습으로 표현했어요. 항상 밝은 모습을 보여주려고 하는 미쿠는 케이보다 높은 곳에 올라가 있는 것처럼 보이지만 자신을 그대로 보여주는 것에 대한 두려움을 가지고 있다는 점을 담요를 덮은 모습을 통해 간접적으로 보여주고자 했어요.

케이는 미쿠를 아래에서 올려다보지만 자신의 모습을 그대로 드러내는, 편안한 자세로 그렸습니다.

그리고 책을 나란히 두었을 때 캐릭터들의 포즈가 다양하면 더 역동적이고 재미있어 보이지 않을까 하는 이유도 있었고요. 의도했던 대로 나온 것 같아서 좋았습니다.

Q & A 07

표지를 보면 디테일의 끝판왕이라는 말이 절로 떠오르는데, 마치 그 장소, 그 시간, 그 분위기에 바로 몰입되게 만드는, 완성도 높은 섬세한 그림을 만들어내는 힘은 어디에서 오는 건가요?

저는 일러스트를 구성하는 작은 요소들이, 그림을 보는 사람이 스토리를 상상할 수 있는 힘을 준다고 생각해요. 특히 책 표지 작업은 글 작가님이 만들어주신 스토리를 바탕으로 그리는 작업이라, 내용에 맞는 요소를 찾아내는 과정이 정말 재미있어서 몰입하게 되는 것 같아요. 디테일을 더 할수록 보는 사람도 더 흥미롭고, 그림의 완성도도 높아지는 장점이 있고요.

완성도를 높이기 위해서 스케치 단계를 지나면 계속 디테일을 추가하는데요. 일단 통과된 스케치를 옅게 만들고 각 오브젝트마다 레이어를 나누어 선화 작업을 진행합니다.

과정 미리보기

스케치 | 선화 | 밑색 | 명암 및 효과

옅게 조정한 스케치 시안(위)과
선화 작업 과정(아래)

밑바탕 색
배치 후

선화 작업이 끝나면 가장 밑바탕의 색을 배치한 다음 명암과 효과를 넣어 마무리합니다.
대부분 아이디어는 스케치 단계에서 결정되고, 디테일 작업은 반복적인 과정이라 완성도를 높이기 위해서는 오래 앉아 있을 수 있는 건강한 허리와 손목 등이 중요하다는 걸 느껴요. 요즘 들어 운동의 필요성을 정말 많이 느끼고 있습니다….

명암 및
효과 추가

Q & A 08

독자가 눈치채주었으면 하는 오브젝트나 숨겨둔 의미가 있는지요?

1권에서는 "널 좋아해"라는 작은 쪽지와 설렘을 표현한 하트 시그널이 있는 노트북, 가을이라는 점을 알 수 있도록 칠판에 적힌 11월과 쪽지 위에 작은 단풍잎을 넣었어요. 락과 데스메탈을 좋아하는 노조미의 취향이 보이는 락 밴드 포스터를 넣으려고 했는데 너무 다크하게 들어가면 전체적인 분위기에 맞지 않을 수도 있겠다는 생각에 최대한 튀지 않는 색상으로 작게 넣어보았고, 밝고 통통 튀는 분위기를 주기 위해서 창문, 스피커 등 군데군데 귀여운 스티커도 함께 붙였습니다. 그리고 떠다니는 비눗방울을 노조미의 마음이라고 생각하며 목차에 나오는 빨강, 파랑, 노랑을 활용하여 나름 의미를 담아 넣어보았어요.

2권은 목차에 복숭아빛, 살구빛의 분홍 계열 색들이 나와서 이를 전체 색감으로 활용한 미술실을 그렸고, 그림을 전공한 남주인공이 그린 여주인공의 초상화와 세이가 에리노의 신발장에 사탕과 과자를 잔뜩 넣었던 장면을 생각하며 미술실에 사탕이 가득 담긴 바구니와 주변에 흐트러진 사탕들을 그려넣었어요. 세이의 주머니에 있던 사탕과 에리노에게 사탕을 건네는 세이의 모습을 통해 세이가 에리노에게 준 것임을 암시하도록 구상했습니다.
미술실이라는 공간 자체가 세이와 관련이 큰 공간이라고 생각해서, 무채색의 에리노가 형형색색의 세이의 공간으로 들어왔다는 의미로 생각했고 세이가 에리노에게 건넨 사탕은 마음의 의미를 담아 작은 하트 사탕으로 그렸어요.
자잘한 요소이지만 미술실에 걸려 있는 두 개의 앞치마는 함께하게 된 세이와 에리노를 생각하며 넣어보았습니다.

3권에서는 미쿠와 케이 사이에 짝사랑을 상징하는 형태의 오르골을 넣었고, 다시금 서로에게 떨리는 둘에 대한 의미를 담아 설렘을 상징하는 겨울꽃 칼랑코에를 맨 앞 책상에 배치했습니다. 도서관 배경이지만 너무 정적인 분위기가 나지 않도록 로맨스 장르의 책들을 곳곳에 놓았고, 1권과 2권 표지도 은근슬쩍 넣어보았어요.

미쿠가 덮은 담요는 겨울에 자주 사용되는 요소라 넣기도 했지만 자신의 속마음을 잘 숨기고 덮어버리는 미쿠의 성격과 잘 어울린다고 생각했어요. 그리고 미쿠와 케이가 다른 책을 들고 있는 것도 서로를 다르게 해석하고 오해하고 있는 모습을 표현했습니다. 이러한 숨겨진 재미 요소들을 넣을 때 책 내용을 잘 아시는 출판사 담당 편집자님이 큰 도움이 되었어요. 담당자님이 표지 작업에 많은 열정을 쏟아주신 덕분에 작업에 더 애정을 담을 수 있었던 것 같습니다.

Q & A 09

세 권을 통틀어 풍경 종은 빠지지 않고 들어가는데, 특별히 의미하는 바가 있나요?

작은 요소까지 알아봐 주셔서 정말 놀랐어요. 그림은 단순히 시각적인 것에 그치지 않고, 촉각이나 후각, 청각 등 여러 감각을 자극하는 것 같아요. 맑은 풍경 종소리를 들으면 가슴속에서 아련한 추억이 떠오르는 느낌이 들더라고요. 표지를 보시는 분들이 풍경 종을 보며 자연스럽게 맑은 종소리를 상상하고, 그때 그 시절의 아련한 분위기를 느꼈으면 하는 마음이었어요. 시리즈 책인 것을 보여주기 위함도 있었습니다!

Q & A 10

1권에서는 비눗방울, 2권에서는 솜사탕, 3권에서는 빛의 모양을 형상화해서 몽글몽글 사랑스러운 특유의 분위기를 만드셨는데 이런 아이디어는 어디에서 오나요?

로맨스물을 볼 때마다 가슴 한쪽이 몽글몽글해지는 기분이 들잖아요. 설명할 수 없는 감정을 이미지로 표현하고 싶어서, 일렁이듯 반짝이고 살짝 건드리면 터지는 비눗방울, 쏟아지듯이 내리쬐는 빛, 날아다니는 홀씨 등 주변에서 흔히 볼 수 있는 몽글몽글한 요소들을 넣어보면 그 느낌이 더 직관적으로 전달되지 않을까 생각했어요. 영화나 애니메이션, 인터넷에 돌아다니는 레퍼런스들을 보면서 좋아 보이는 요소가 있으면 기억해 두었다가 필요할 때 사용하는 것 같아요.

첫 권에서 비눗방울을 넣어보니 몽글몽글한 감정을 표현하기에 꽤 괜찮은 느낌이어서, 시리즈별로 이런 요소들을 넣어보자는 이야기가 나왔고, 1권 이후 작업부터 담당자님과 다음 작업에서 어떤 요소가 가장 어울릴지 진지하게 토론하는 과정이 개인적으로 귀엽고 재미있었어요.

다음엔 솜사탕을 넣을까요?

너무 좋아요!

Q & A 11

이 시리즈의 대장정을 마치는 소감을 말씀해 주신다면요?

이 시리즈 작업을 하면서 많은 리뷰를 찾아봤는데, 표지에 대한 칭찬을 볼 때마다 정말 감사한 마음이 들었습니다. 일러스트 페어 등 오프라인 행사를 할 때가 있는데, 이 책 표지 보고 구매했다고 말씀해 주시는 분들을 만나면, 그때마다 너무 감사하고 기분이 정말 좋았어요. 책 표지를 작업해 주시는 담당 디자이너 실장님이 마무리 디자인도 너무 잘해주셔서 저 역시 책이 정말 마음에 들고, 개인적으로도 정말 애정이 가는 작업이었습니다. 열정적으로 피드백을 주신 출판사 담당 편집자님께도 진심으로 감사드려요! 제가 그린 표지가 독자분들이 소설에 더욱 몰입하는 데 조금이라도 도움이 되었으면 좋겠습니다. 진심으로 감사드립니다.

@user-tpxhdiak17wns
너무 아름다운 표지에요….

@user-rnfhek17shwhal
이 책, 표지 보고 구매했어요!

02)2023-1211

[소설] 말하고 싶은 비밀
사쿠라 이이요 | 모모 | 2023-12-11 | 16,800원

재고 : 17부 (*재고는 실시간으로 변경됩니다)

계속 널 좋아하고 싶어.
앞으로도 잘 부탁해.

OUR SECRET DIARY

이 다이어리 부록은 박스 세트에만 들어 있는 비매품입니다.

Monthly 26p · Weekly 36p
Freenote 84p · Interview 24p